國家圖書館出版品預行編目資料

家是我放心的地方 / 林焕彰著; 施政廷繪.——初版三刷.——臺北市; 三民，2007

面；　公分.——(兒童文學家叢書.小詩人系列)

ISBN 957-14-3026-9　(精裝)

859.8　　88009177

◎ 家是我放心的地方 ◎

著作人　林焕彰
繪圖者　施政廷
發行人　劉振強
著作財產權人　三民書局股份有限公司
臺北市復興北路386號
發行所　三民書局股份有限公司
地址 / 臺北市復興北路386號
電話 / (02)25006600
郵撥 / 0009998-5
印刷所　三民書局股份有限公司
門市部　復北店 / 臺北市復興北路386號
重南店 / 臺北市重慶南路一段61號
初版一刷　1999年8月
初版三刷　2007年5月
編　號　S 854561
特　價　新臺幣貳佰捌拾元整
行政院新聞局登記證局版臺業字第〇二〇〇號

ISBN　957-14-3026-9　(精裝)

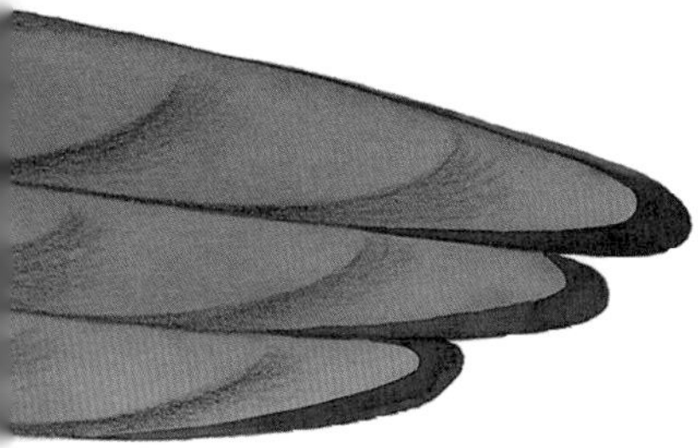

兒童文學叢書

・小詩人系列・

家是我放心的地方

林煥彰／著

施政廷／繪

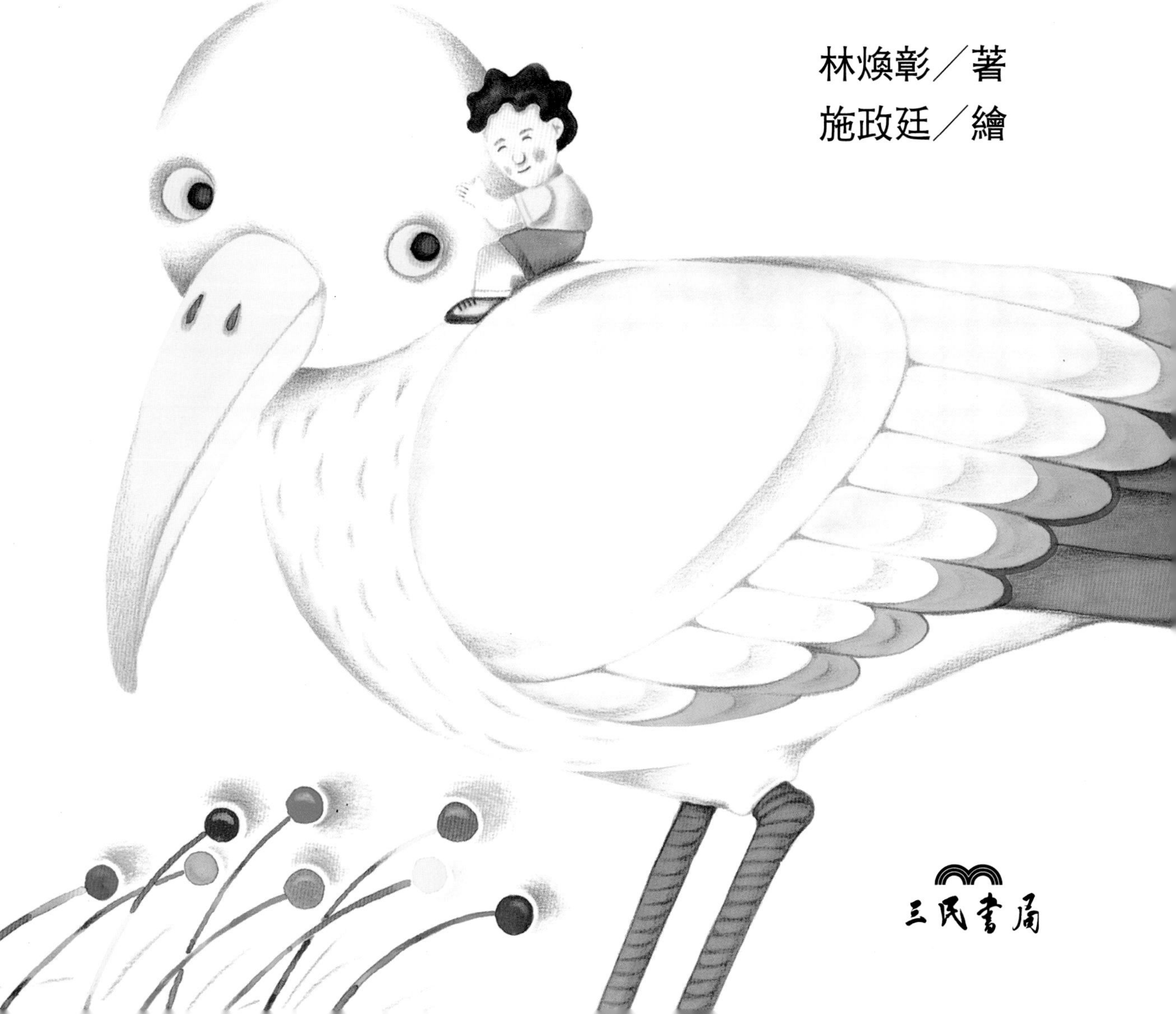

三民書局

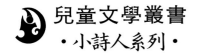

詩心・童心

——出版的話

可曾想過，平日孩子最常說的話是什麼？

「媽！我今天中午要吃麥當勞哦！」「可不可以幫我買電視上廣告的那種電動玩具！」「我好想要百貨公司裡的那個洋娃娃！」

乍聽之下，好像孩子天生就是來討債的。然而，仔細想想，這些話的背後，絕不只是貪吃、好玩而已；其實每一個要求，都蘊藏著孩子心中追求的夢想——嚮往像童話故事中的公主般美麗、令人喜愛；嚮往像金剛戰神般的勇猛、無敵。

為了滿足孩子的願望，身為父母的只好竭盡所能的購買，但孩子們總是喜新厭舊，剛買的玩具，馬上又堆在架子上蒙塵了。為什麼呢？因為物質的給予終究有限，只有激發孩子源源不絕的創造力，才能使他們受用無窮。「給他一條魚，不如給他一根釣桿」，愛他，不是給他什麼，而是教他如何自己尋求！

事實上，在每個小腦袋裡，都潛藏著無垠的想像力與無窮的爆發力。大人常會被孩子們千奇百怪的問題問得啞口無言；也常會因孩子們出奇不意的想法而啞然失笑；但這種不規則的邏輯卻是他們認識這個世界的最好方式。而詩歌中活潑的語言、奔放的想像空間，應是最能貼近他們跳躍的思考頻率了！

於是，我們出版了這套童詩，邀請國內外名詩人、畫家將孩子們天馬行空的想像，熔鑄成篇篇詩句；將孩子們的瑰麗夢想，彩繪成繽紛圖畫。詩中，沒有深奧的道理，只有再平常不過的周遭事物；沒有諄諄的說教，只有充滿驚喜的體驗。因為我們相信，能體會生活，方能創造生活，而詩的語言，也該是生活的語言。

每個孩子都是天生的詩人，每顆詩心也都孕育著無數的童心。就讓這些詩句在孩子的心中埋下想像的種子，伴隨著他們的夢想一同成長吧！

期待孩子們的笑聲

林煥彰

為孩子寫詩，是件很愉快的事；如果可以，我想一輩子就只做這麼一件事。

我想像著，如果孩子們看了我為他們寫作的詩，他們會不自覺的笑了起來；那笑聲，就是給我最大的報償和鼓勵。因此，每當我想為孩子們寫詩的時候，心裡就特別平靜，而有愉快的心情。

詩是有無限存在的想像空間，為孩子寫詩，一定得盡情的把想像發揮出來。我的想像是有限的，但每寫一首詩，我都會盡力的去想像一些美好的、有趣的事情；只是不一定都能夠做得到。不過，我不會洩氣，也不會停筆；我會繼續寫作的原因，就是為了要彌補自己的笨拙，希望不停的寫作，有一天會發現更美好的東西，寫出更有趣的詩來。

孩子是天真、可愛的，童詩是他們的化身，是有趣的文學作品；為孩子寫詩，就是要讓孩子們在有趣的閱讀中，得到美、善、真、愛和智識的啟發。

我期待孩子們的笑聲，給我鼓勵。

於研究苑

目次

08—09 土地和我的祕密

10—11 孩子們都好玩

家是我放心的地方

12—15 海的孩子們

16—17 時間是一個什麼樣的人

18—19 春天的九份

20—21 春天的眼睛

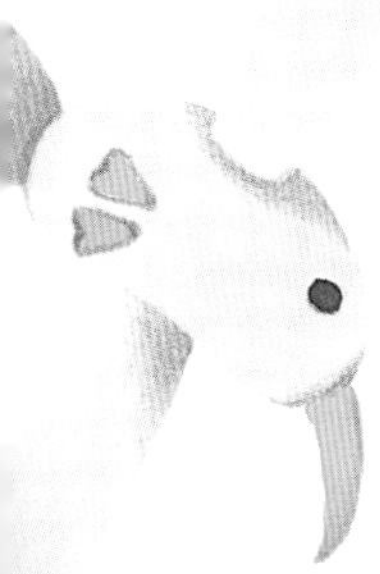

22—23 樹和鳥巢
24—25 噢！我知道
26—27 從七個笛孔中飛出的七隻鳥兒
28—31 翻譯鳥聲
32—33 太陽雨
34—35 在我心中築巢的一隻鴿子
36—37 吃玉蜀黍的心情
38—39 坐飛機收割天上的棉花
40—41 發光的海灣
42—43 兩隻小松鼠
44—47 牠們是我的小客人
48—49 我們的鄰居
50—51 人人是親人
52—53 家是我放心的地方

土地和我的祕密

我什麼也沒說，
只默默的鬆土，把自己的心
當作種籽
埋進泥土裡。

春天來了，
我也什麼都沒說，只見
花園裡
開了一朵又一朵
向我微笑的心。

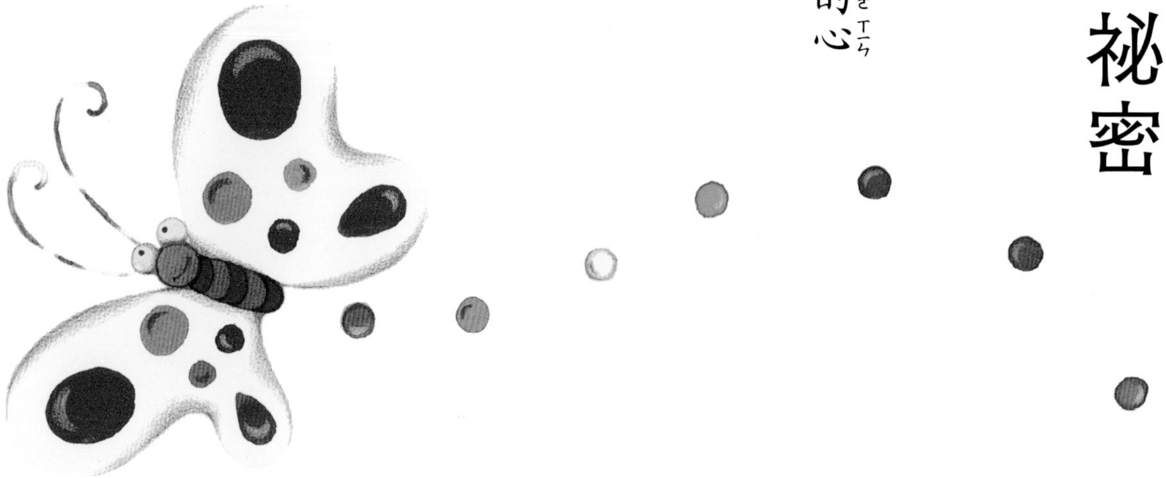

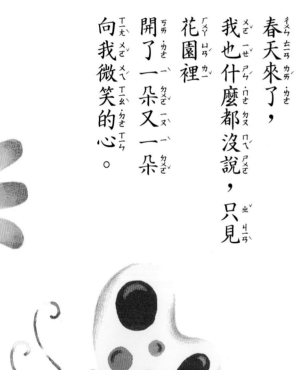

做什麼事都要專心，種花也是，
要有一種虔敬的心理。
這種心理，就是「土地和我的祕密」。

孩子們都好玩

早晨，太陽公公
把他的孩子們都放出來；
他們都嘩啦嘩啦的
跑到樹葉上
溜滑梯，翻跟斗，
也盪秋千，也嘩啦嘩啦的
叫著，跳著……

我們在教室裡上數學課，
老師很認真的說：
不會的請站起來。
我很勇敢的站起來，
也很認真的問老師：
太陽公公的小孩一共有幾個？

如果說在樹葉上跳躍、閃爍的陽光
就是太陽公公的小孩，
那麼你數得出太陽公公的孩子究竟有幾個？
這是一個開玩笑的問題，
是為了表現一般孩子們天真活潑的心性。

海的孩子們

——海浪是海的孩子

1

海有很多孩子，
男孩、女孩，都一樣
健康、愛玩，
不喜歡穿衣服；
他們喜歡游泳，
喜歡擠來擠去，
喜歡向岸邊追逐，
嘻嘻哈哈，
聲音很大。

他們，好像都不累，
白天，晚上
照樣玩耍，照樣
嘻嘻哈哈
嘻嘻，哈哈……

2

住在海雲臺的海邊，
海的孩子們都很好奇，
都跑到我的耳朵來，問我：

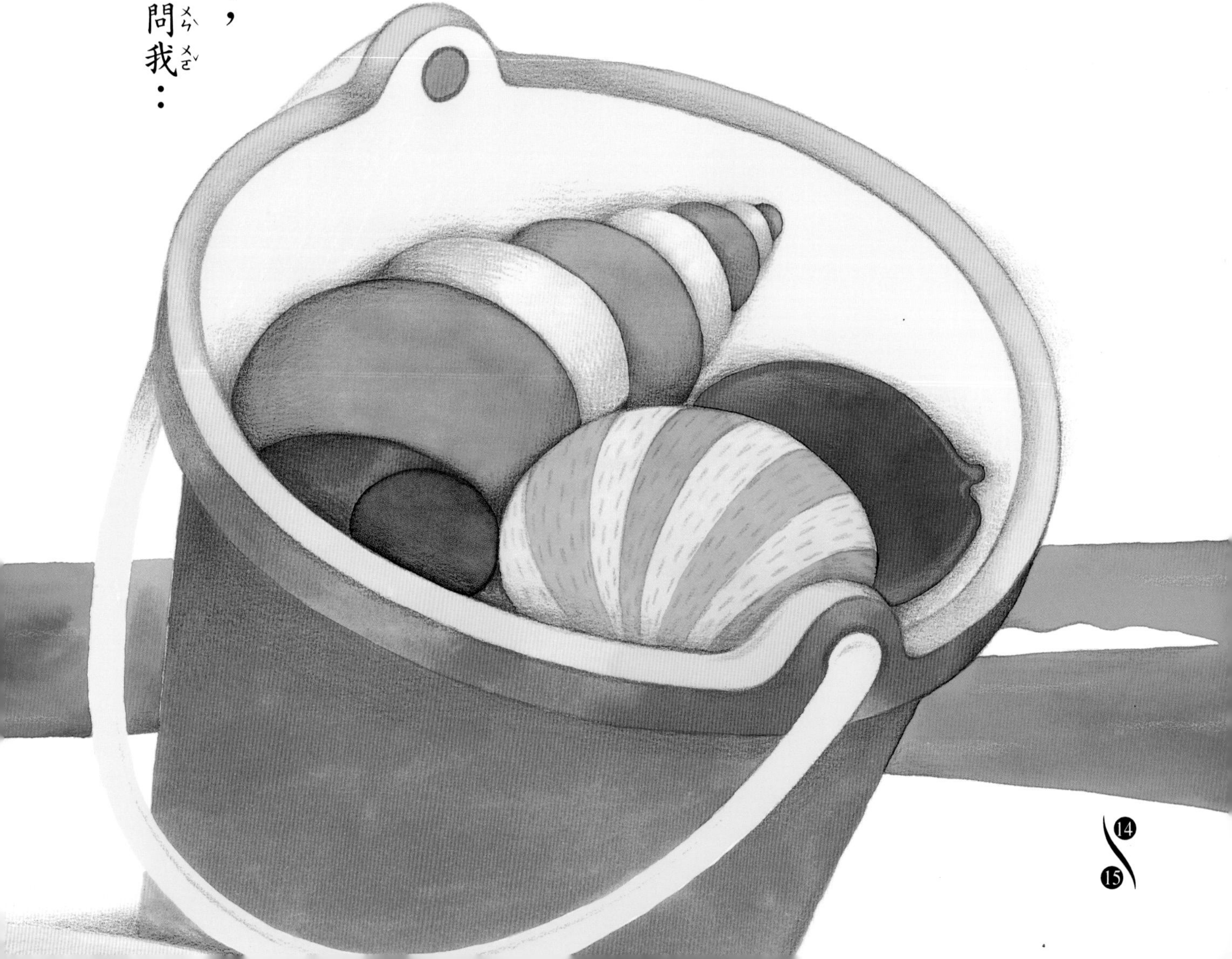

臺灣來的朋友啊，
臺灣是不是也有一個海？
臺灣的海的孩子們，是不是
也和我們一樣，不愛穿衣服
整天，整夜
都愛玩耍，都愛
嘻嘻哈哈
嘻嘻，哈哈……

海雲臺是韓國第二大都市
釜山的著名海水浴場；
把海浪想像成海的孩子，
在海水浴場玩耍的時候，
你是不是也更能夠感染到那份快感？

時間是一個什麼樣的人

時間是，一個什麼樣的人？
是不是年紀已經很大了？
走路為什麼老是發出
——滴答滴答，
搖擺搖擺的腳步聲？

時間的年齡要怎麼計算？
白天晚上都不停的工作，
我們所謂的一天
他是不是要加倍計算？

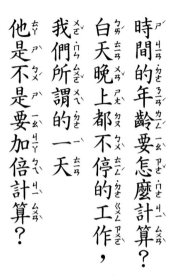

時間是不是走累了？
——滴答滴答，
搖搖擺擺的晃著，
半夜被他吵醒的時候，
我真想爬起來，扶他一把呀！

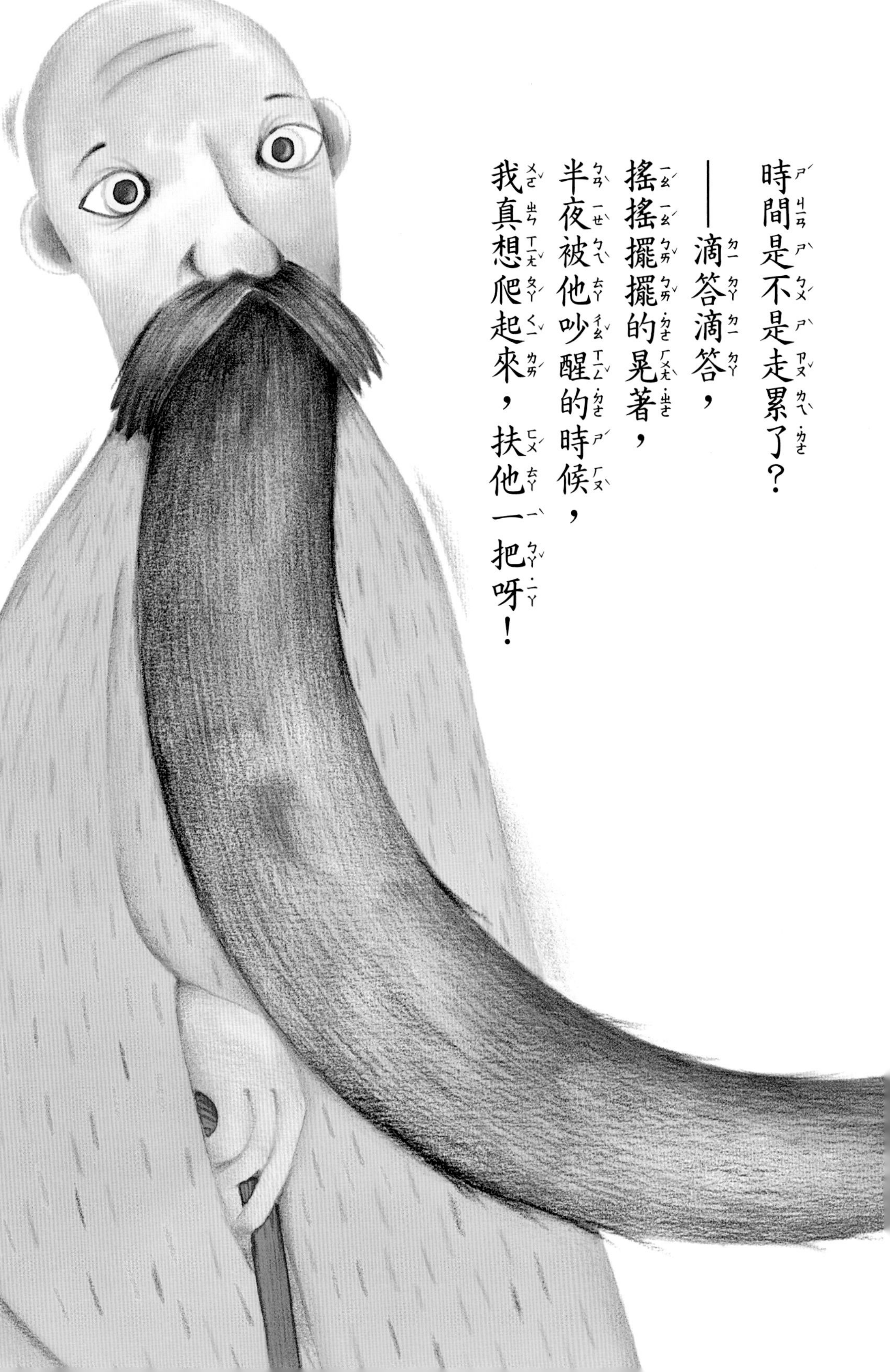

把時間想像成一個老人，
是因為它很久很久以前就存在了。
透過鐘錶走動的聲音，
你會不會覺得時間好像走得很辛苦、很累了呢？

春天的九份

沿著三月滴水的石階
鳳仙花，一路說說笑笑
向我們走來；
走向四月，五月、六月
還敲鑼打鼓，紅紅綠綠
準備迎接
盛夏的陽光

我打潮溼、發霉的石屋的小窗
探出頭來，
一隻小松鼠正豎起尾巴，
在陽光下，在榕樹上
和我打招呼：
嗨——咿——
好久不見了。
是的，
有一個冬天那——麼——久……

九份是臺灣以前採金的地方，
它是一座小小的山城，
過去的老房子，
大多用石頭蓋的，低矮、潮溼，
現在變成很多年輕人、外國人喜歡去的旅遊點，
因為多雨，那兒的鳳仙花，開得特別熱鬧。

春天的眼睛

春天的眼睛都睜開了。

桃樹睜開：紅色的小眼睛。
李樹睜開：白色的小眼睛。
迎春花睜開：黃色的小眼睛。
金達萊睜開：桃色的小眼睛。
不知名的小花兒，在草地上
也睜開了：紫色的、藍色的
小眼睛。

春天的眼睛，都很迷人哪！

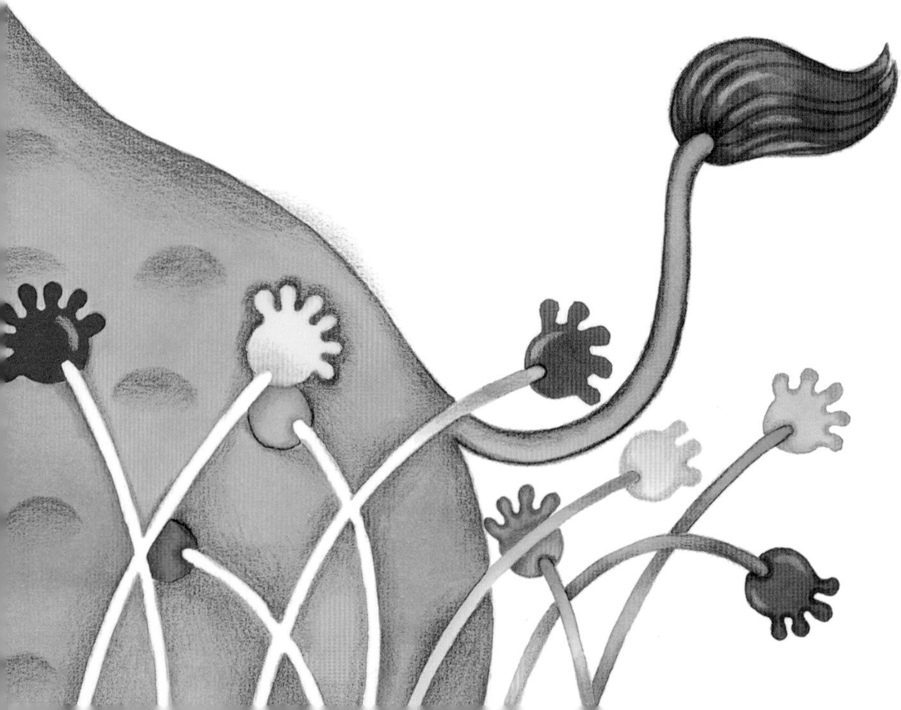

金達萊，是韓國話發音，
像山杜鵑，花型細小、複瓣、橘紅色，
盛開時極為可愛。
花像是春天的眼睛，你曾這樣想過嗎？

樹和鳥巢

冬天會冷，
樺樹都掉光了葉子，會不會
更冷？

不，每一棵樺樹，
都更有精神。

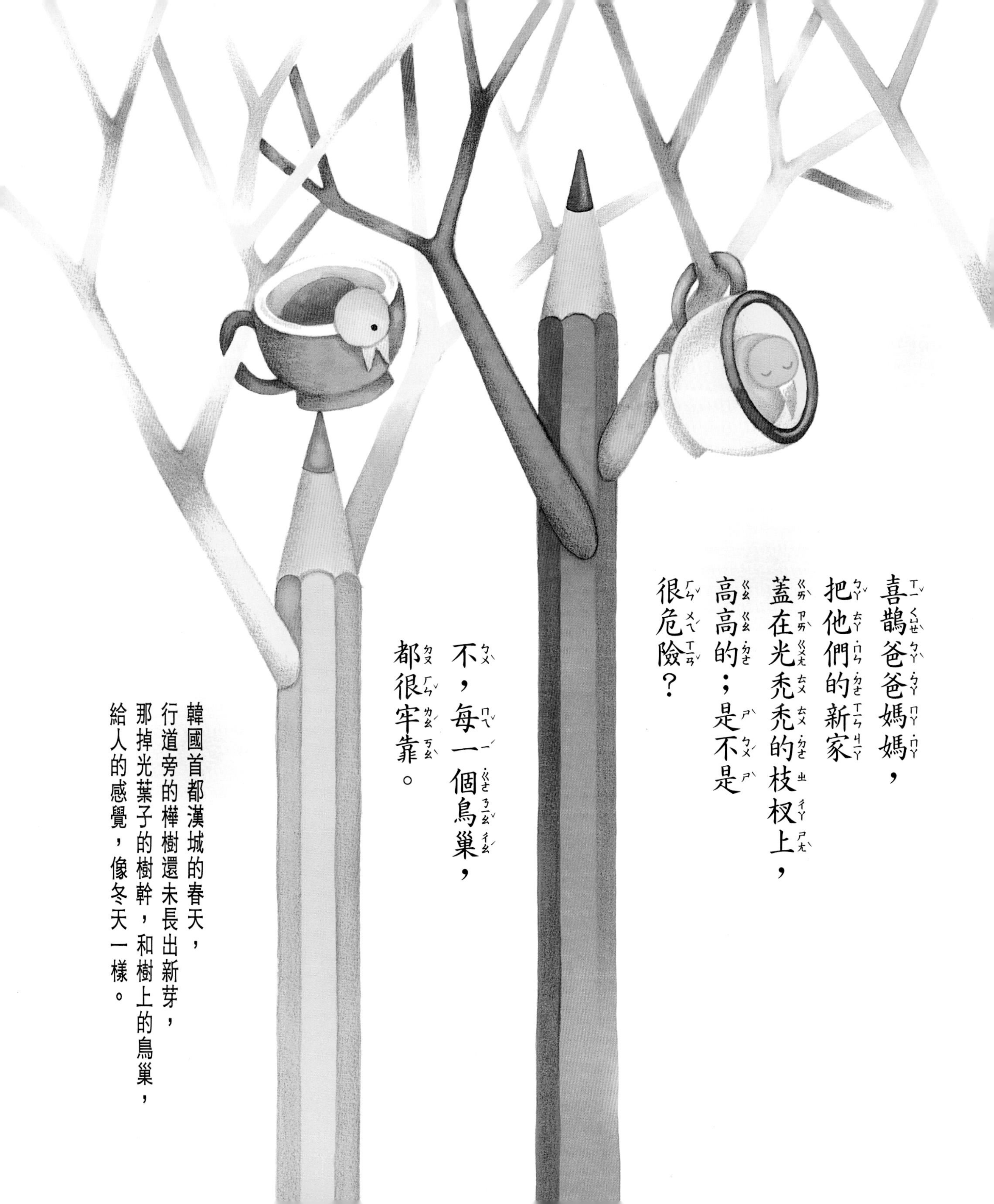

喜鵲爸爸媽媽，
把他們的新家
蓋在光禿禿的枝杈上，
高高的；是不是
很危險？

不，每一個鳥巢，
都很牢靠。

韓國首都漢城的春天，
行道旁的樺樹還未長出新芽，
那掉光葉子的樹幹，和樹上的鳥巢，
給人的感覺，像冬天一樣。

噢！我知道

是不是，所有的鳥兒醒來了
都要嘰嘰喳喳叫？

四、五點鐘的時候，
對面公寓陽臺上的小白文鳥兒
就開始不停的「滾珠珠，滾珠珠」；
不是我們家養的小麻雀，
一聽到牠們呼朋喚友的叫聲，
也一隻隻的
從附近的林子那邊飛過來，
嘰嘰喳喳的湊熱鬧；
牠們有的在窗臺，有的在屋簷上
大聲叫喊：起床啦！起床啦！

我說：有什麼事嗎？
牠們卻什麼也說不上來，
反而更結結巴巴的，大聲嚷嚷：
起床啦！起床啦！

噢！我知道，
這就是夏天的早晨啊！

夏天天亮得早，
鳥兒也起得早。
清早，鳥兒的叫聲，
特別清脆，
也特別好聽。

從七個笛孔中飛出的七隻鳥兒

在你的，我的，他的
記憶深處，
彷彿有一個古老的故事
一個雙眼都瞎了的老伯
吹著一枝笛子；
七隻鳥兒，從七個笛孔中
飛出——

飛出的七隻鳥兒，
不只是七個音符，
不只是七種聲音，
不只是七種顏色；

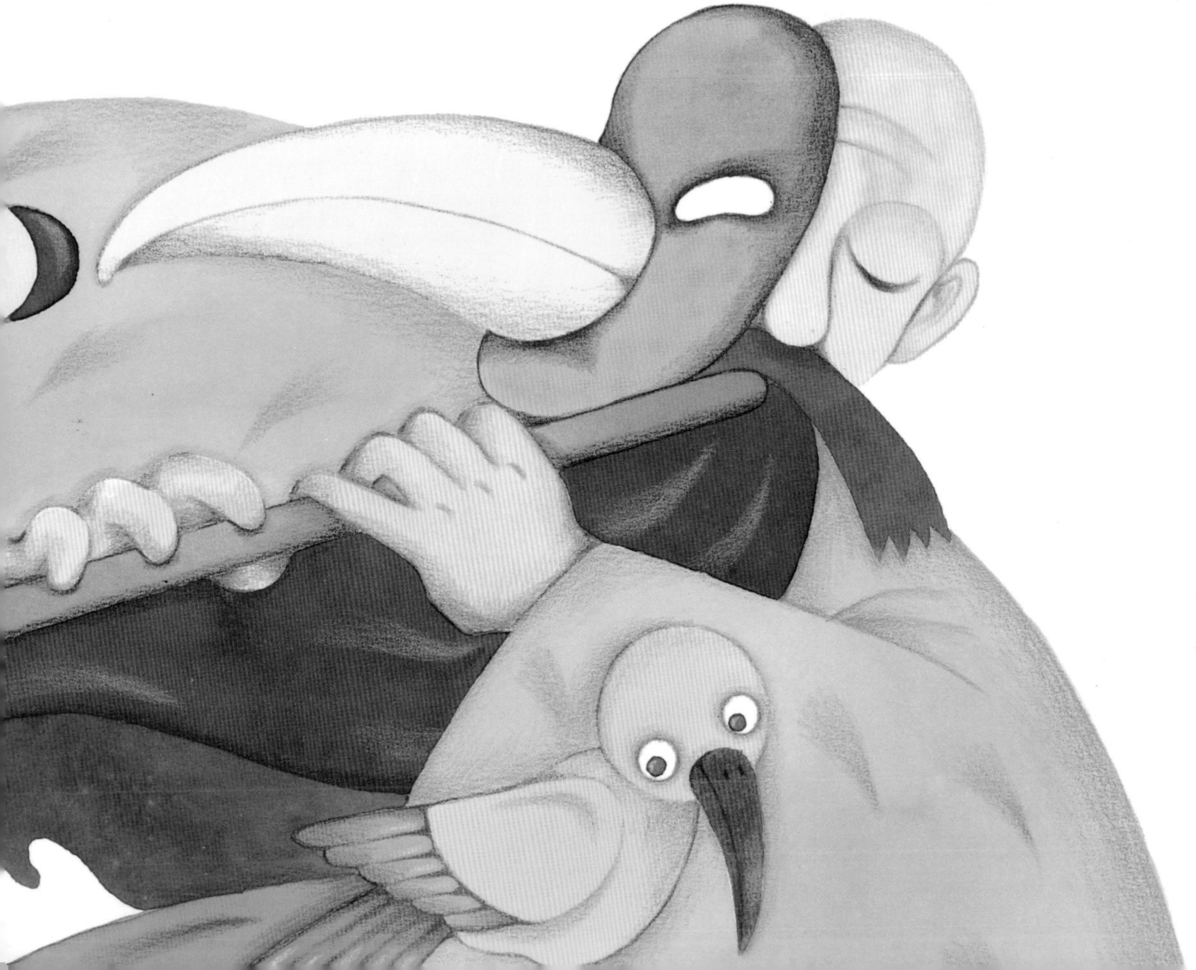

七個音符，也不只是
一首歌；
七種聲音，也不只是
一種心聲；
七種顏色，也不只是
一幅圖畫……

那種傳說中的故事，
從古早古早以前，到今天
都流傳在
你的，我的，他的……
想像中。

每個人背後都有不只一個故事，
每個故事，都會感動人，
尤其是一個眼瞎了的老伯，
他的身世可能隱藏更多感人的故事，
值得讓人用想像去描繪。

翻譯鳥聲

在六點五點之間，
早起的鳥兒，
有很多種，不同的叫聲；

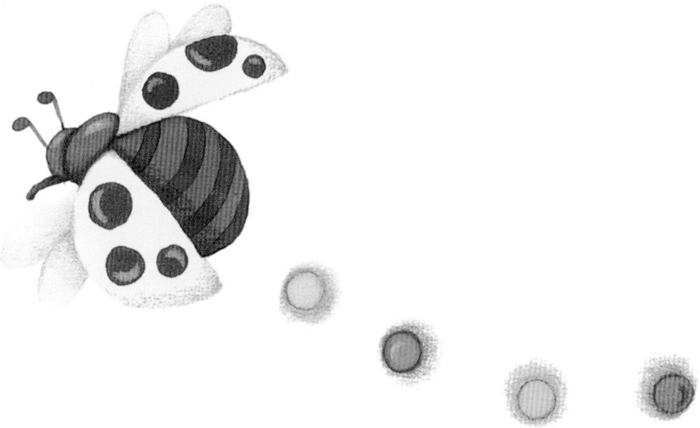

有一種，在不遠不近的
林子裡邊，說：
「七就七，九歸九？」
（早安，吃飽了沒？）
我知道，牠們就是白頭翁。

有一種，在稍微遠一點兒的
相思樹上，說：
「咕咕咕，咕！」
（吃飽了，你早！）
我知道，牠們就是斑鳩。

另有一種，在很近很近的
屋簷底下，說：
「嘰嘰喳喳，嘰嘰喳喳——」
（吃得太多啦！吃得太好啦！）
大家都知道，牠們一定是
小麻雀兒。

而對面人家陽臺上
那對白文鳥，一直在：
「滾珠珠，滾珠珠——」
有點兒像在吵架，
但也不是真正在吵架——
（快點兒，快點兒，
要遲到，要遲到啦——）

在五點六點之間，
春天的早晨，我喜歡
早早醒來，賴在床上
聽聽不同鳥兒的聲音，
試著翻譯牠們說話的內容。

把心情放鬆，
聽聽鳥的叫聲，
想想一些好玩的事，
心情就會很輕鬆。
你能翻譯鳥的叫聲嗎？
試試看吧！

太陽雨

哇！好險好險呀！
千萬個水娃娃
從天上摔下來——
淅瀝嘩啦，淅瀝嘩啦！

一隻鳥，紅色的，飛過去
一隻鳥，橙色的，飛過來
一隻鳥，黃色的，飛過去
一隻鳥，綠色的，飛過來
一隻鳥，藍色的，飛過去
一隻鳥，靛色的，飛過來
一隻鳥，紫色的，飛過去

哇！好美好美呀！
千萬個水娃娃
都回到天上的家——
嘻嘻哈哈，嘻嘻哈哈！

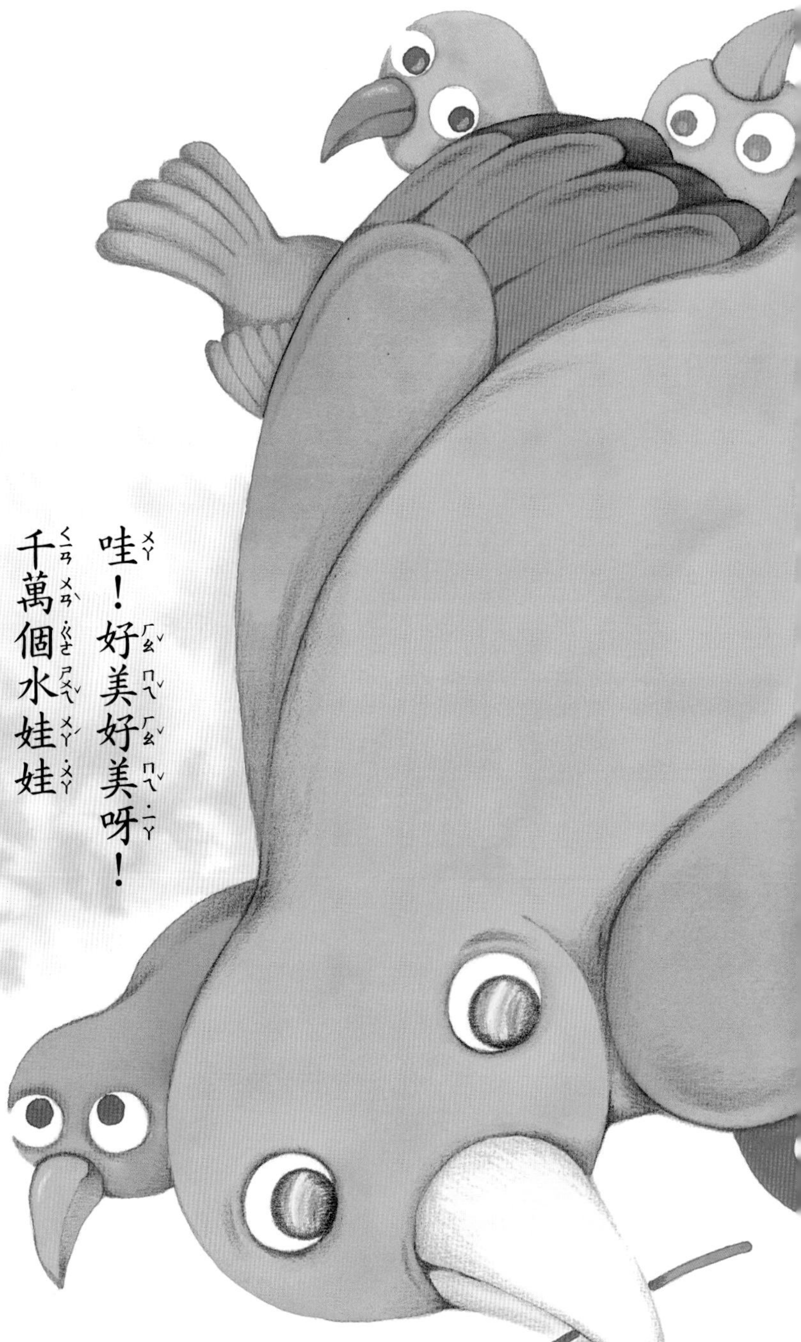

下雨又出太陽，這種雨
作者叫它「太陽雨」，
又把彩虹想像成
七種不同顏色的鳥兒，
你說，是不是很特別？

在我心中築巢的一隻鴿子

我心中有隻鴿子，你心中也可能有隻鴿子。

我心中有隻鴿子，在築巢
牠每天都嘀嘀咕咕
對我說：為什麼不幫幫忙
找一隻公的？

嘀嘀咕咕的鴿子，是女生
今年，牠的春天特別長；
已經是夏天了
牠還在編織春天的夢，
夢裡也還在
嘀嘀咕咕的，抱怨我：
為什麼還不快快幫忙？
夏天都快過了，秋天會來，
冬天也會來，
嘀嘀咕咕的牠，還在重複
那句話——

鴿子有很多特徵，
記性好，去再遠的地方都會飛回來。
牠的叫聲也很特別，
好像在訴說什麼，
雖然聽不懂，卻可以利用想像，
感覺牠好像在說些什麼。

吃玉蜀黍的心情

玉蜀黍有很多牙齒，
每一顆像玉一樣，會發光
開始時，我要咬它，
它也好像要咬我；
我看了半天，研究了半天
不知該從什麼地方咬下去。

玉蜀黍的牙齒，很整齊，
每一顆都潔白如玉，
我仔細看了又看，
我吞了吞口水，我告訴自己：
吃了再說。

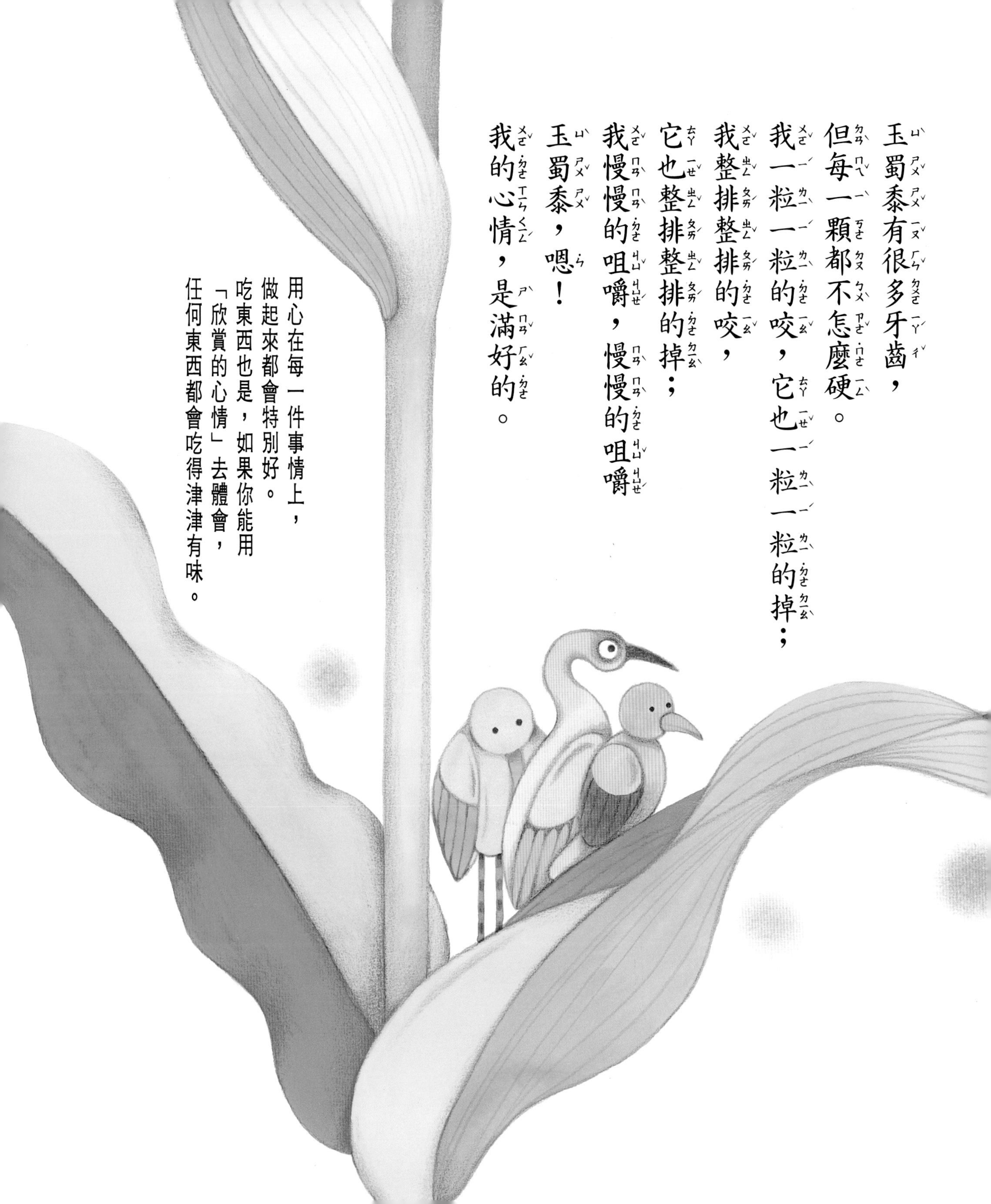

玉蜀黍有很多牙齒，
但每一顆都不怎麼硬。
我一粒一粒的咬，它也一粒一粒的掉；
我整排整排的咬，
它也整排整排的掉；
我慢慢的咀嚼，慢慢的咀嚼
玉蜀黍，嗯！
我的心情，是滿好的。

用心在每一件事情上，
做起來都會特別好。
吃東西也是，如果你能用
「欣賞的心情」去體會，
任何東西都會吃得津津有味。

坐飛機收割天上的棉花

天空是一塊最大
最好的棉花田，
不用農夫辛苦耕種，
就能長出又多又好的
棉花；

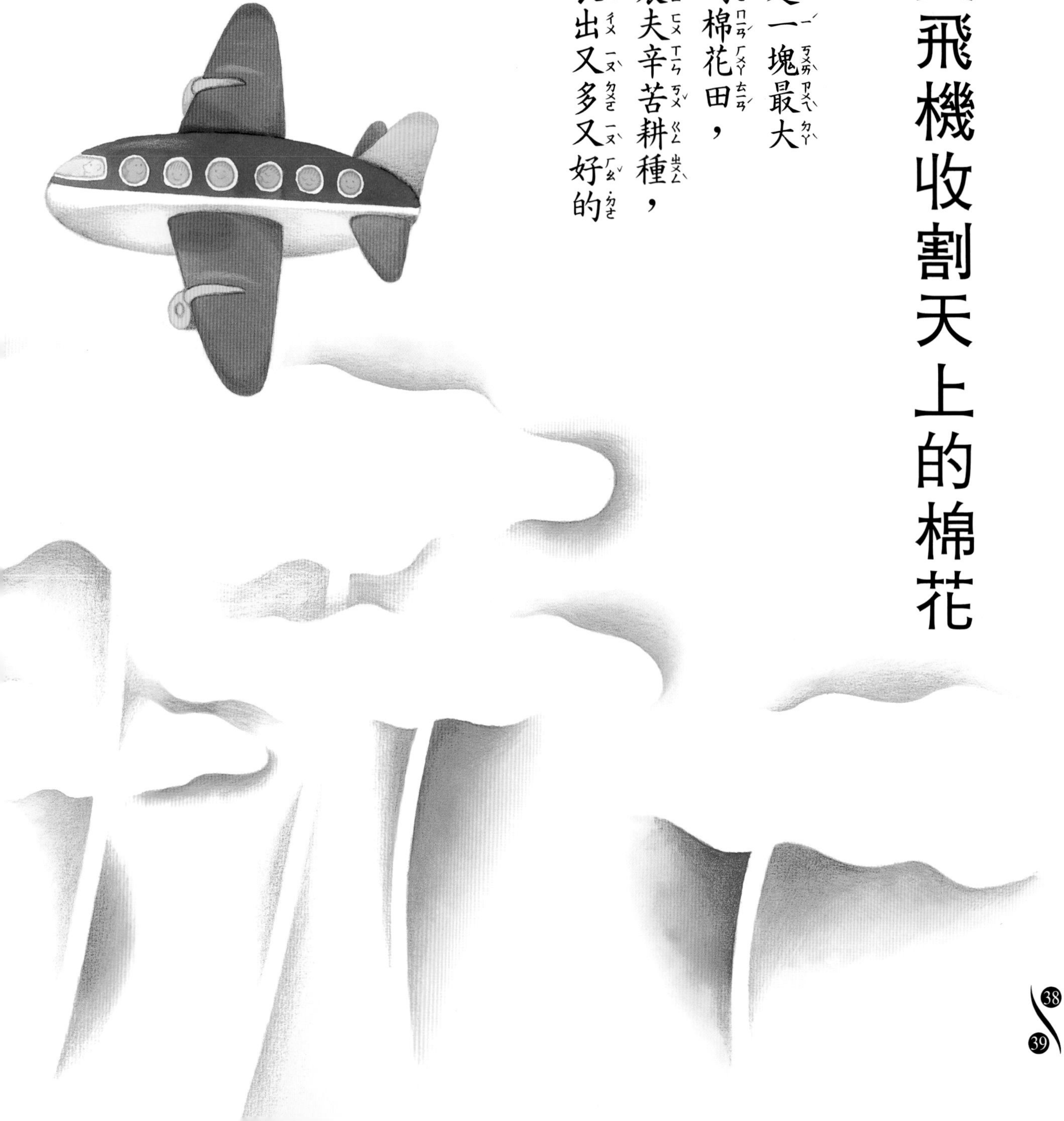

透過飛機的小圓窗，
我看到了整片天空
都鋪滿了，一層又一層
厚厚的棉花；
只坐一趟飛機，
我輕輕鬆鬆的
從中國大陸飛回臺灣，
用我腦中的微型的記憶機，
就把空中所有的棉花
收割得乾乾淨淨。

想像是寫詩時要動用的一種腦力；
動用想像是件很愉快的事，
可以暫時讓人忘掉煩惱。
坐飛機在高空飛行，
有時是很無聊的，
想像是可以得到一些愉快的感覺。

發光的海灣

我住在半山上的
半半樓中；
半半樓有一面
大大的玻璃牆，
可以裝得下一個
大大的海灣。

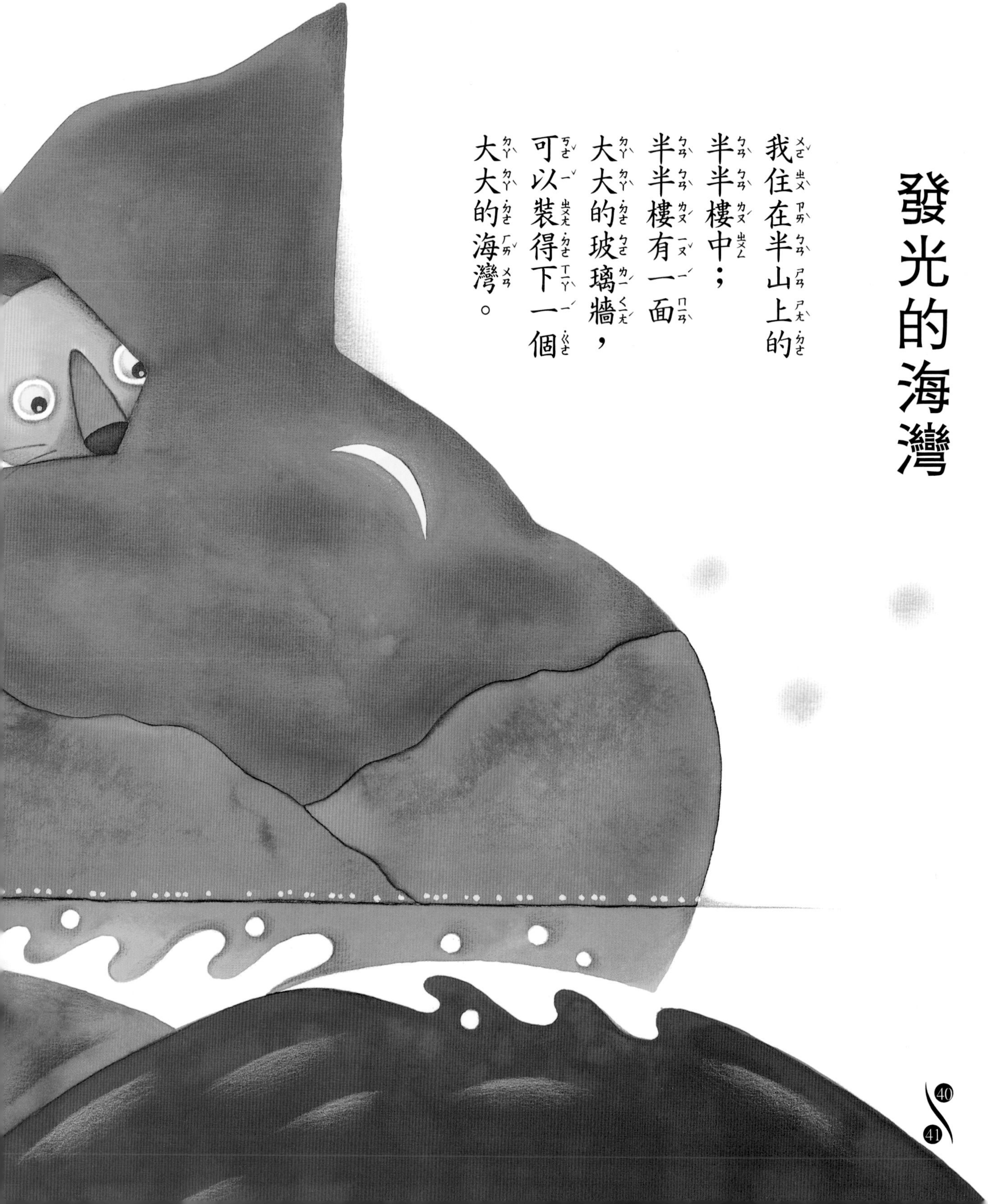

入夜以後，山下的燈
都亮了；
在半半樓中往下看，
一條彎彎曲曲的山道，
變成地上的銀河；
一輛一輛的小汽車，
都載著燈光，
急急忙忙的向海灣匯合。
在夜裡的半半樓中，
我擁有一座
發光的海灣。

夜晚比白天美麗，
因為骯髒、雜亂的，都被黑暗遮蓋了，
所以在夜裡看到有很多燈光的海灣，
感到特別漂亮，
尤其住在半山上往下看，
形成一片燈海，就更迷人了！

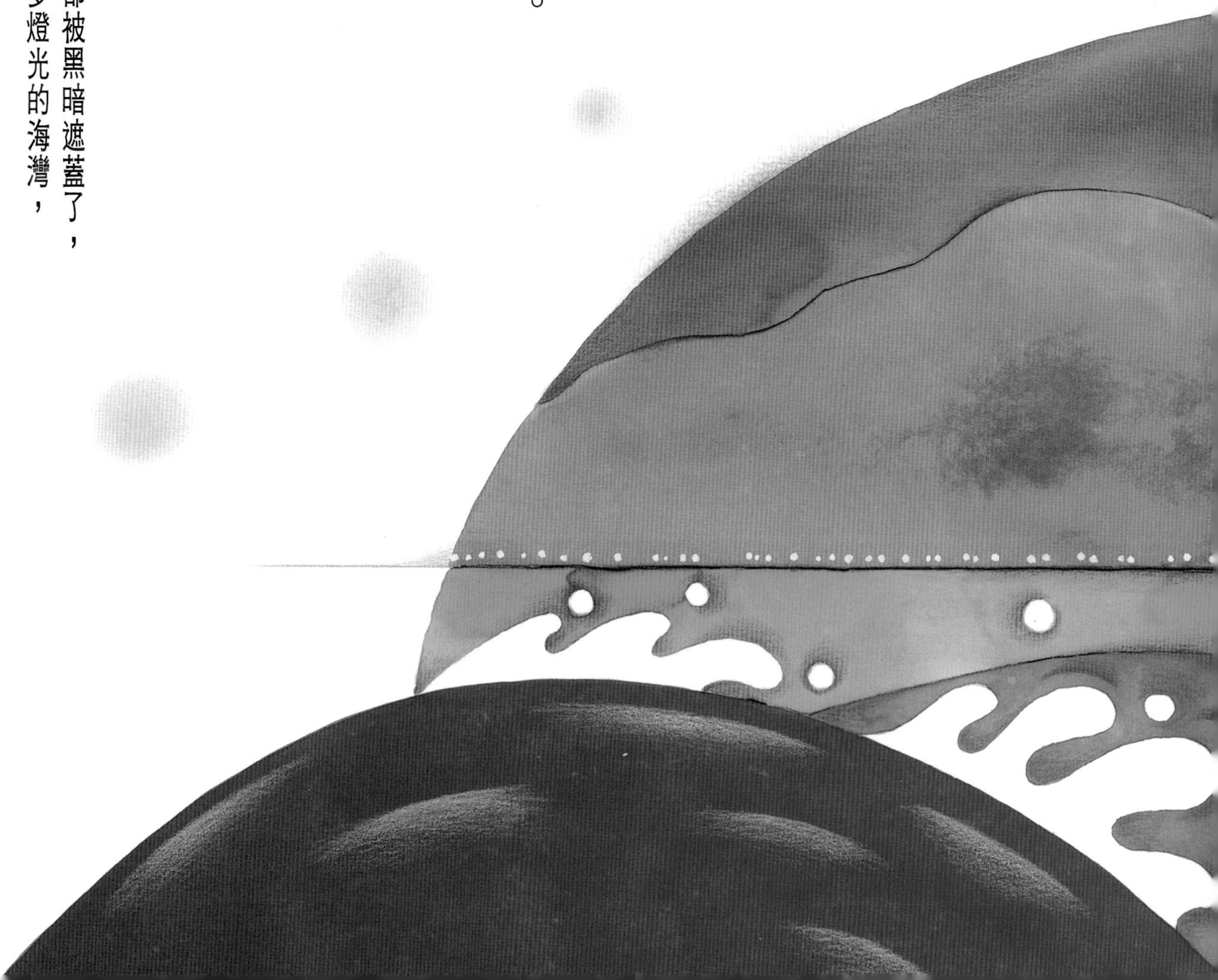

兩隻小松鼠

一隻小松鼠，
在我窗外的榕樹上找東西吃；
從這棵榕樹，到另外一棵
牠展現了一個輕快的
跳躍的姿勢，
做了一次最佳的演出。

一隻小松鼠邀來另外一隻；
也許是牠的女朋友，
也可能是牠的男同學，或是
兄、弟、姐、妹……

兩隻小松鼠，
在同一棵榕樹上，
從這根樹枝，到另一根
追過來，追過去，
在茂密的樹葉裡，
一下不見了，
又一下出現了……
是吃得太飽嗎，
故意要捉弄我的眼睛？

小松鼠有敏捷的特性，
牠的眼珠子，骨碌碌的轉動著，
像有很多話要說，卻又很膽怯，
才看你一下下，一溜煙就不見了。
你喜歡牠們這種有趣的特性嗎？

牠們是我的小客人

告訴你
我的半半樓
有蛇，你一定會說
騙人

告訴你
我的半半樓
有樹蛙，你一定會說
亂蓋

告訴你
我的半半樓
有蜥蜴，你一定會說
嚇人

告訴你
我的半半樓
有蟋蟀，你一定會說
夢想

告訴你
我的半半樓
有小松鼠，你一定會說
瞎掰

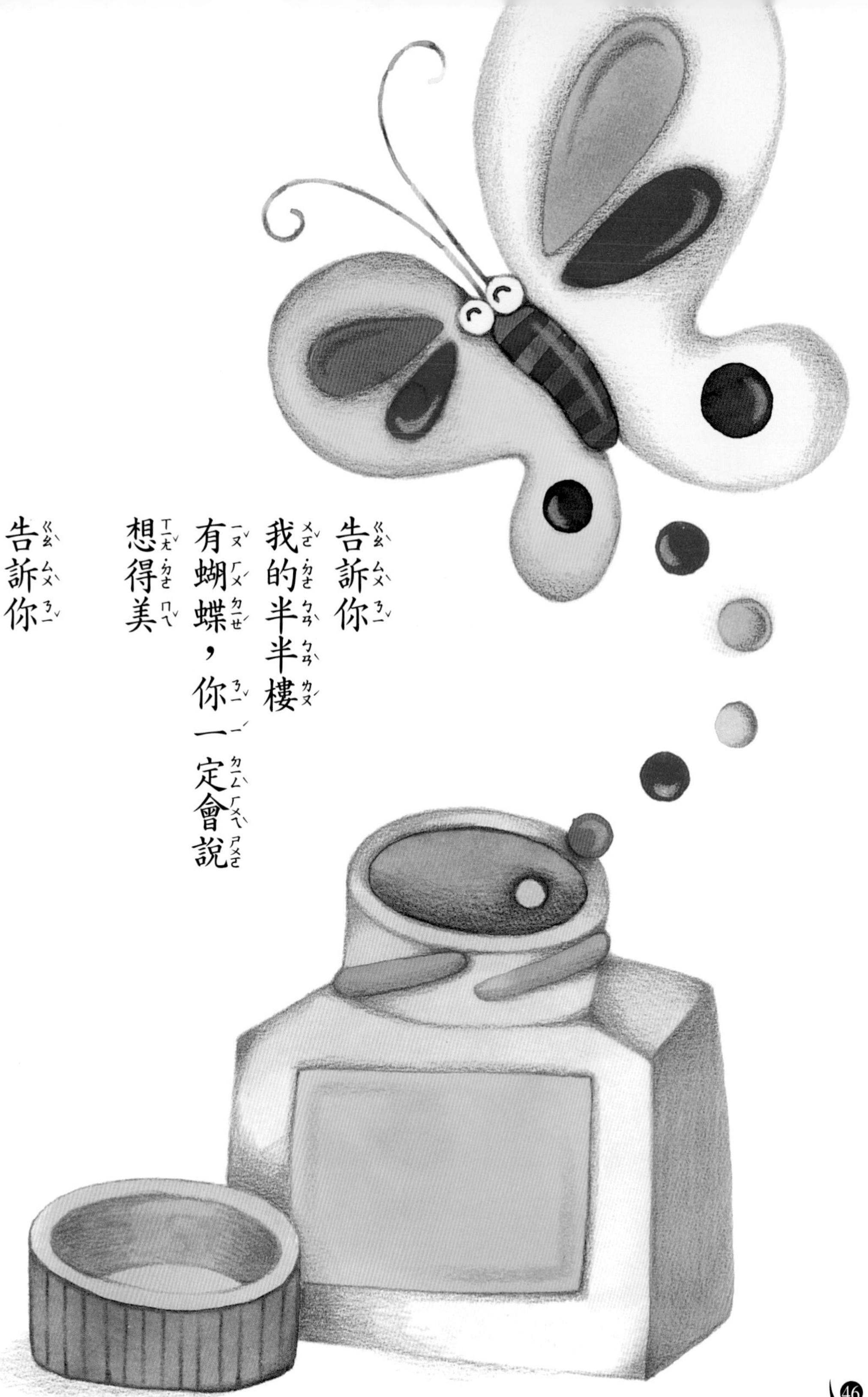

告訴你
我的半半樓
有蝴蝶，你一定會說
想得美

告訴你
我的半半樓
有竹節蟲，你一定會說
越講越離譜

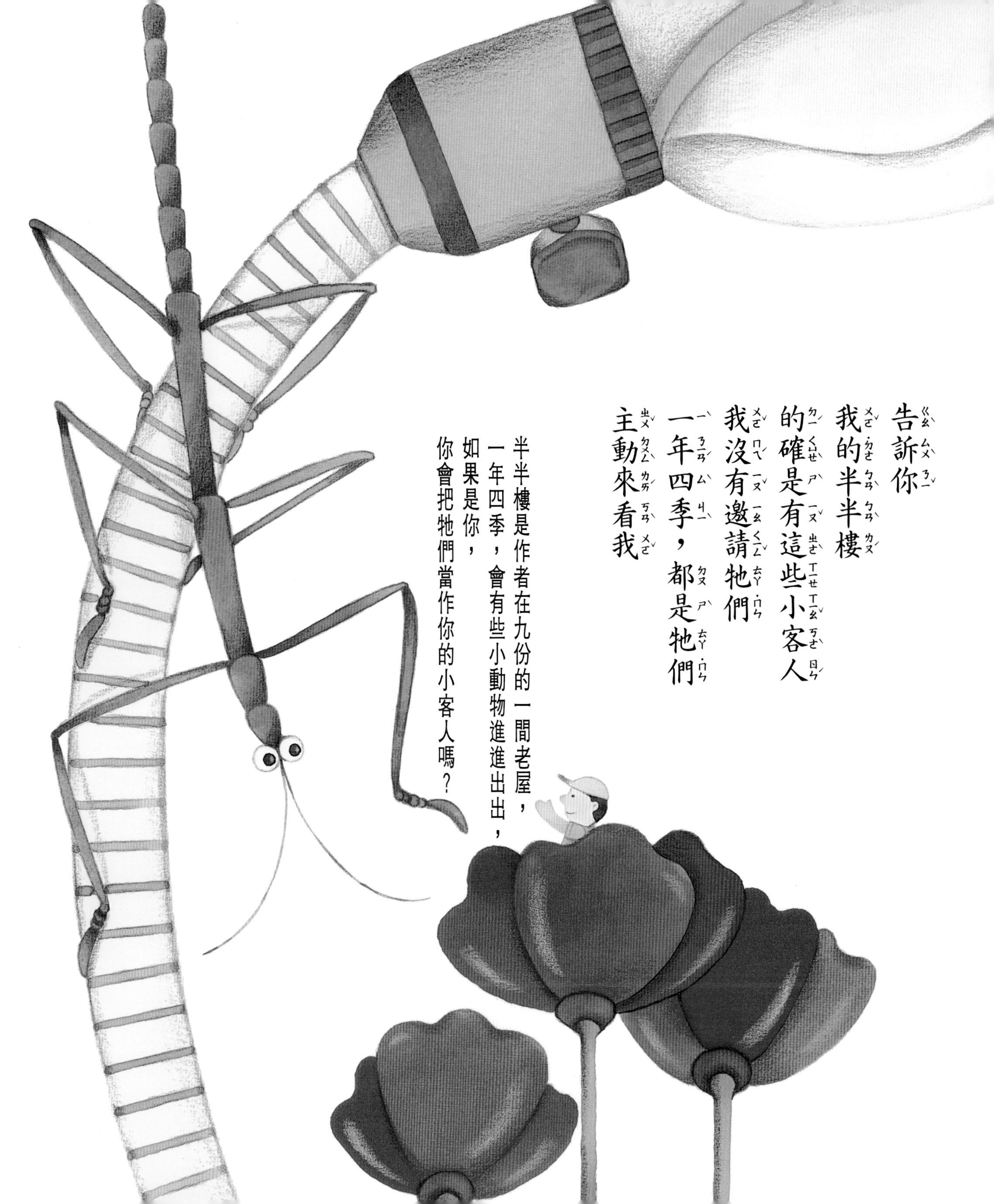

告訴你
我的半半樓
的確是有這些小客人
我沒有邀請牠們
一年四季，都是牠們
主動來看我

半半樓是作者在九份的一間老屋，
一年四季，會有些小動物進進出出，
如果是你，
你會把牠們當作你的小客人嗎？

我們的鄰居

從蟬的聲音，你聽到了什麼？
早晨，不，更早的早晨
天還是灰濛濛的時候，
牠們就開始叫出了這一天的
第一個聲音：
——唧唧唧，唧唧唧，唧唧唧……
你能分辨出牠們在叫些什麼？
——來來來，來上學嗎？
——去去去，去遊戲嗎？
夏日的每個早晨
我們都可以聽到牠們這般響亮的聲音，
因為牠們是我們的鄰居，
因為我們家的門窗是正對著牠們的；

我們門前有一座小山，
小山上的樹林裡，就是牠們夏日清涼的家園！
——唧唧唧，唧唧唧，唧唧唧……
你再注意聽，你再仔細的聽，
仔仔細細的用心的聽，牠們在叫些什麼？
——去去去，去去去，什麼地方也不去！
去去去，去去去，什麼地方也不去！
整個夏日的早晨，我們的鄰居
牠們是非常認真的在做一件事情

蟬是夏天的歌手，
你喜歡聽牠們唱歌嗎？
你對蟬的鳴叫聲，
有什麼樣的聯想呢？

人人是親人

這世界，我們原來是很陌生的；
陌生的土地，陌生的人。

第一次睜開眼睛，
所謂出生地，所謂血點，（指家鄉）
是陌生的環境；
所謂媽媽，所謂爸爸，
是陌生的親人。

有一天，我們長大了，
認識生長的土地，
認識媽媽，也認識爸爸。

又有一天，我們走出家園，
我們接觸的地方，是陌生的環境；
我們接觸的人，是陌生的陌生人。

又有一天，我們生活過的地方，
成為第二故鄉；
我們認識的陌生的陌生人，
都成為好朋友。

這世界，到後來
我們都不再陌生了；
處處是家園，
人人是親人。

社會很複雜，大人常常會跟小孩說，
不要和陌生人說話，
卻忽略了怎樣教他們認識陌生人。
對陌生人和陌生的環境，
你認為應該要用什麼樣的方式去了解？

家是我放心的地方

——從紐約飛回臺北途中

再過幾個小時，我就可以回到家；
家是我放心的地方。

再過幾個小時，我就可以回到家；
我的腦子還十分清醒，現在是
凌晨一時二十五分
——飛機剛剛飛過換日線

再過幾個小時，我就可以回到家；
我向空服員要了一杯白酒，
也向自己的旅行袋要了一本書
——家是越來越接近了

再過幾個小時，我就可以回到家；
飛機在一萬一千三百公尺的高空飛行，
安安穩穩，我在一盞小燈下想家
——家是我放心的地方。

從紐約飛回臺北，
航程近十八小時；
旅行是愉快的，
坐飛機卻很辛苦。
旅行的愉快，是短暫的，
最後還是得回到自己的家。

寫詩的人

林煥彰

林煥彰是個喜歡寫詩、畫畫的人；他有嚴肅的一面，也有輕鬆的一面，只是在現實生活中，有太多因素，讓他輕鬆不起來。

寫詩和畫畫，就可以看出他輕鬆的一面；為了寫詩、畫畫，他可以從一片落葉、一顆石頭，或一段流木發現美，產生感動。

他出版過好多本給兒童看的詩集，有《童年的夢》、《妹妹的紅雨鞋》、《牽著春天的手》……並得過中山文藝獎（兒童文學類），還有其他的；但他最大的願望是：得到孩子們的笑聲。

畫畫的人

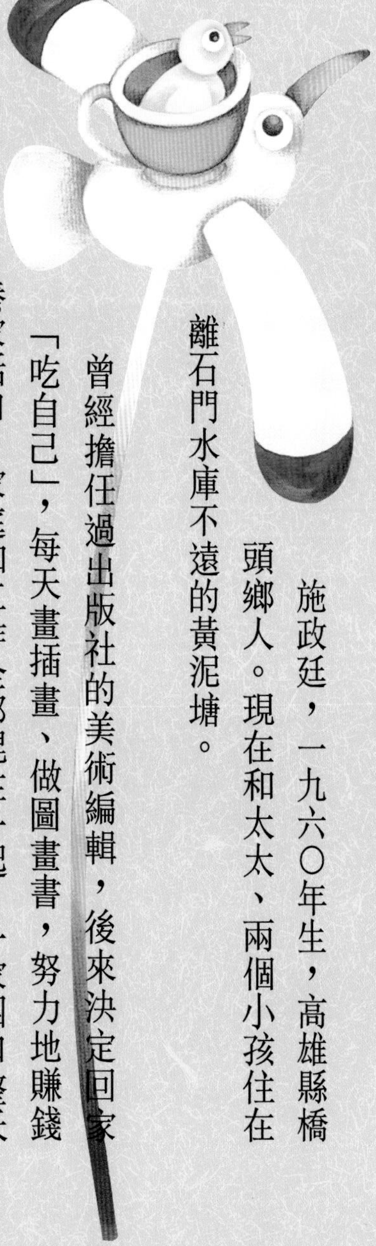

施政廷

施政廷，一九六〇年生，高雄縣橋頭鄉人。現在和太太、兩個小孩住在離石門水庫不遠的黃泥塘。

曾經擔任過出版社的美術編輯，後來決定回家「吃自己」，每天畫插畫、做圖畫書，努力地賺錢養家活口。家庭和工作全部混在一起，一家四口整天吵吵鬧鬧，好不快活。

自己創作的圖畫書有：《下雨了》、《我的爸爸不上班》、《小不點》、《旅行》、《探險》等。

最新出版
臺北正在飛
白靈著
鄭慧荷繪
最新出版
黑白狂想曲
陳黎著 楊淑雅繪
我是西瓜爸爸
家是我放心的地方
林煥彰著・施政廷繪
旋轉木馬
尹玲著・莊孝先繪
跟天空玩遊戲
顏艾琳著・鄭慧荷繪
春天的短歌
向陽著
何華仁繪
魚和蝦的對話
張默著・董心如繪
螢火蟲
向明著・董心如繪
我的夢夢見我在夢中作夢
向陽著
陳璐茜繪
到大海去呀，孩子
汪啟疆著
張曉萍繪
樹媽媽
葉維廉著
陳璐茜繪
妖怪的本事
網一把星
蕭蕭著
朱美靜繪
稻草人
穿過老樹林
蘇紹連著
陳致元繪
夢中音樂會
兒童文學叢書・小詩人系列

兒童文學叢書

小詩人系列

榮獲新聞局第十六、十七、十八、十九、二十次
中小學生優良課外讀物推介
「好書大家讀」活動推薦好書暨
1997年、2000年最佳少年兒童讀物